بِسْمِ اللّهِ الرَّحْمٰنِ الرَّحِيمِ

Im Namen Allahs, des Gnädigen, des Barmherzigen

Dieses Buch gehört:

Name: _____ _____

Klasse: _____

Schule: _____

Herausgeber

plural publications

PLURAL Publications GmbH
Colonia-Allee 3 | D-51067 Köln
T +49 221 942240-260 | F +49 221 942240-201
www.pluralverlag.eu | info@pluralverlag.eu

1. Auflage, Islamische Föderation in Berlin, August 2012

© PLURAL Publications GmbH
3. überarbeitete Auflage, Köln, September 2019

Alle Rechte vorbehalten. Das Werk darf ohne schriftliche Genehmigung von PLURAL Publications GmbH weder vollständig noch in Auszügen gedruckt, vervielfältigt oder mittels elektronischer Medien verbreitet werden.

Autoren
Aynur Bulut Coşkun
Rukiye Kurtbecer
Burhan Kesici
Erol Dağaslanı

Design | Satz
Enes Başkaya

Druck
PLURAL Publications GmbH

ISBN: 978-3-944441-62-7

IKRA 1/2
Mein Islambuch

Grundschule 1/2

Vorwort

Liebe Eltern, liebe Lehrerinnen und Lehrer,

das vorliegende Buch ist für den islamischen Religionsunterricht der Klassenstufen 1 und 2 konzipiert. Es heißt: „IKRA 1/2 – Mein Islambuch". „Ikra" ist Arabisch und bedeutet auf Deutsch „Lies!". Mit „Ikra" beginnen auch die ersten Koranverse, die unserem Propheten Muhammad ﷺ herabgesandt wurden.

IKRA 1/2 soll zum Lesen, Nachdenken und Entdecken anregen. Das Lehrbuch liefert eine Einführung in die Grundlagen des Glaubens und gibt Einblicke in zentrale Themen des Islams. Bedeutend ist vor allem die Frage nach dem Individuum und seiner Stellung in der Gemeinschaft. Dem Kind soll seine Stellung als Geschöpf auf der Welt und innerhalb der Gesellschaft vermittelt und verdeutlicht werden.

Der Glaube an Allah ﷻ und die Schöpfung, der die kindliche Persönlichkeit festigt, ist von zentraler Bedeutung. Der Glaube wird mit den Themenbereichen Gebet und Koran praxisbezogen vermittelt. Ein weiteres Thema sind die Propheten. Sie sind Vorbilder und geben den Menschen Orientierung. Sie helfen den Kindern, ihre Alltagssituationen zu bewältigen.

Wir leben in Europa in multireligiösen und multikulturellen Gesellschaften. Der Unterricht mit diesem Buch soll die Identität der Kinder stärken und sie dazu befähigen, andere Religionen und Weltanschauungen kennen zu lernen und andere Menschen als gleichberechtigte Mitglieder in der Gesellschaft zu akzeptieren.

Vielfalt soll als Bereicherung angesehen werden, wie im letzten Themenbereich Feste zum Ausdruck kommt.

IKRA 1/2 ist so aufgebaut, dass Bild- und Textmaterial zahlreiche Anregungen geben und Spielraum lassen, damit die Kinder ihre eigenen Erfahrungen und Vorstellungen in den Unterricht einbringen können. Weitere Möglichkeiten zur Vertiefung der Themen geben die Arbeitsaufträge.

Bei der Verwendung arabischstämmiger Begriffe wurde eine Schreibweise gewählt, die auch für Kinder leicht zu lesen ist. Die Koranverse wurden aus verschiedenen deutschen Übersetzungen entnommen und teilweise kindgerecht abgeändert.

Wir hoffen, mit dem Religionsbuch IKRA 1/2 die Kinder bei ihrer Identitätsbildung unterstützen zu können.

Wir wünschen allen Lehrerinnen und Lehrern, Schülerinnen und Schülern, die das Buch verwenden, viel Freude und Erfolg.

Der Herausgeber, Autorinnen und Autoren von IKRA 1/2

Inhaltsverzeichnis

Tipps für die Benutzung deines Buches … 10

Ich – Du – Wir … 13

Das bin ich … 14
Mein Platz in meiner Familie … 16
Ich wachse … 18
Meine Familie … 20
Meine Freunde sind Geschenke Allahs ﷻ … 22
Meine Welt … 24
Wir leben zusammen … 26
Friede sei mit dir … 28
Salam - der Friedensgruß … 30
Der grüßende Abdullah … 32
Kapitelende: Ich – Du – Wir … 34

Allah ﷻ … 35

Ibrahim erkennt Allah ﷻ … 36
Tawhid - La ilaha illallah … 38
Meryem und der Apfel … 40
Asma ul-Husna … 42
Allah ﷻ gehören die schönsten Namen … 44
Die Eigenschaften Allahs ﷻ … 45
Allah ﷻ ist gnädig … 46
Allah ﷻ ist barmherzig … 47
Kapitelende: Allah ﷻ … 48

Die Schöpfung — 49

Allah ﷻ hat alles erschaffen	50
Subhanallah	51
Alles ist für den Menschen	52
Alles in Ordnung?	54
Nasreddin Hodscha	56
Kapitelende: Die Schöpfung	58

Das Gebet — 59

Muslime beten überall	60
Ich wünsche mir von Allah ﷻ…	62
Ich danke Allah ﷻ für…	63
Bismillah	64
Alhamdulillah	65
Meine ersten Duas	66
Kapitelende: Das Gebet	68

Der Koran — 69

Wahy – Wie alles begann	70
Kalamullah – Allahs ﷻ Worte	72
Ein Buch ensteht	73
Unser Buch – der edle Koran	74
Sure al-Fatiha – die Eröffnende	76
Sure al-Ihlas – die Aufrichtigkeit	77
Kapitelende: Der Koran	78

Die Propheten 79

Die Propheten – Vorbilder für uns	80
Die Mawlid-Nacht	81
Das Leben unseres Propheten Muhammad ﷺ	82
Unser Prophet Muhammad ﷺ	84
Der Prophet Nuh ﷺ	86
Der Prophet Yunus ﷺ	88
Yunus ﷺ bittet um Hilfe	90
Ich vertraue auf Allah ﷻ	92
Allah ﷻ ist mit uns	93
Manchmal fühlt man sich…	94
Kapitelende: Die Propheten	96

Feste 97

Ramadan – der Fastenmonat	98
Bayram - Ramadanfest - Id al-Fitr	99
Das Kurbanfest	100
Alle Menschen feiern	102
Kapitelende: Feste	104
Text- und Bildquellen	105

Ich glaube an Allah, an seine Engel, an seine Bücher, an seine Gesandten, an den Tag des Gerichts, an die Vorherbestimmung des Guten und Schlechten durch Allah, den Erhabenen, und an das Leben nach dem Tod.

Hadith

Tipps für die Benutzung deines Buches

Hier findest du Tipps, wie du mit deinem Buch arbeiten kannst.

Das sind Meryem und Ahmad. Sie gehen in die gleiche Klasse. Sie begleiten dich in deinem Buch und geben dir Tipps.

Koranverse und Hadithe (Aussprüche unseres Propheten Muhammad ﷺ) werden durch diesen Rahmen hervorgehoben. Diese Texte sind nämlich die wichtigsten Quellen im Islam.

Koran 96:1

Koranverse werden mit Zahlen gekennzeichnet. Dabei ist die Ziffer vor dem Doppelpunkt die Nummer der Sure. Die Ziffer nach dem Doppelpunkt ist die Nummer der Ayat, wie zum Beispiel **Koran 96:1 (Sure 96 Ayat 1)**

Symbole:

Diese Symbole stehen hinter dem Namen Allahs, der Propheten und Engel. Sie sind Segenssprüche und werden zur Verehrung benutzt.

 "Subhanahu wa taala." sagt man, wenn wir Allahs Namen erwähnen. Das bedeutet: "Gepriesen und Erhaben ist Er".

 "Sallallahu alayhi wa sallam." sagt man, wenn wir den Namen unseres Propheten Muhammad erwähnen. Das bedeutet: "Der Segen und Frieden Allahs sei mit ihm".

 "Alayhis salam." sagen wir, wenn wir die Namen der Propheten und Engel erwähnen. Das bedeutet: "Friede sei auf ihm".

Diese Symbole findest du immer links von den Aufgabenstellungen. Sie helfen dir, die Aufgaben ganz leicht zu erkennen.

Antworte!   Schreibe!   Male!   Forsche!   Singe!

بِسْمِ اللّٰهِ الرَّحْمٰنِ الرَّحِيمِ

Im Namen Allahs, des Gnädigen, des Barmherzigen

Bismilla hirrahma nirrahim

Ich – Du – Wir   1

Ich – Du – Wir

Das bin ich

Ich – Du – Wir

Mein Name: **Ahmad**
Alter: **6**
Klasse: **1**

Lieblingsessen: **Pizza**
Lieblingstier: **Katze**
Lieblingsfarbe: **blau**
Hobbys: **Fußball, Schwimmen**
Mein bester Freund: **Michael**
Geschwister: **Sarah, Mahmoud**
Das will ich mal werden: **Zahnarzt**
Diese Sprachen kann ich: **Deutsch, Arabisch**

 1. Erstelle deinen eigenen Steckbrief. Male oder schreibe etwas über dich.

 2. Schaue dir den Steckbrief deiner Tischnachbarin/deines Tischnachbarn an. Deine Tischnachbarin/dein Tischnachbar soll ihn dir erklären.

Ich – Du – Wir

Mein Platz in meiner Familie

Meine Familie bereitet sich auf mich vor.

Mir spricht ein Bekannter den Azan (Gebetsruf) und meinen Namen ins Ohr.

Jeder Mensch ist Allahs Geschöpf und von Ihm gewollt!

Ich – Du – Wir

- Süße Wangen! Bitte nicht küssen!
- Uuuppsss! Schon wieder!
- Ich bin niedlich. Ich bin einzigartig. Allah liebt mich.
- Ich bin ein Glückspilz. Ich habe so viele Geschenke bekommen.
- Hmmm, Lecker! Muttermilch.
- Allahu akbar... Dieser Gesang ist himmlisch.
- Alle freuen sich auf mich.

لَقَدْ خَلَقْنَا الْإِنْسَانَ فِي أَحْسَنِ تَقْوِيمٍ ﴿٤﴾

„Wir (Allah) haben den Menschen in schönster Form erschaffen."

Koran 95:4

1. Erkundige dich, wer den Azan in dein Ohr gesprochen hat.
2. Finde heraus, was dein Name bedeutet und woher er kommt. Wer hat ihn dir gegeben?

Ich – Du – Wir

Ich wachse

خَلَقَ الْإِنْسَانَ ۝

„Er (Allah) hat den Menschen erschaffen."

Koran 55:3

1. Nenne weitere Beispiele, was Allah noch wachsen lässt.

Ich – Du – Wir

Lieber Allah ﷻ!
Es gab Zeiten, da hatte ich kleine Hände.
Klein waren auch meine Arme und Beine.
Klein waren auch meine Füße.
Nicht mal einen kleinen Schritt konnte ich machen.
DU hast mich wachsen und laufen lassen.
Lass mich noch größer werden.
Dafür werde ich DIR immer danken.

2. Bringe Fotos aus deiner Babyzeit mit.
3. Überlege dir, wie du sein möchtest, wenn du groß bist. Male ein Bild dazu.

Ich – Du – Wir

Meine Familie

Ich bin Meryem und bin 6 Jahre alt.
Das ist meine Familie. Meine Mutter heißt Fatma
und mein Vater Hasan. Das ist mein Bruder Ali.
Er ist schon 14 Jahre alt.

Ich – Du – Wir

Ich mag an meiner Familie,

... dass wir gemeinsam essen.

... dass wir Oma und Opa besuchen.

... dass wir Freunde einladen.

... dass wir Feste feiern.

... dass wir gemeinsam verreisen.

Ich mag,

... dass mein Bruder Ali mir bei meinen Hausaufgaben hilft.

... dass mein Papa mich tröstet.

...dass meine Mama mir etwas vorliest.

... dass wir uns so gern haben.

 1. Erzähle, was du besonders an deiner Familie magst.
2. Was unternimmst du gemeinsam mit deiner Familie?

Ich – Du – Wir

Meine Freunde ...

Freunde

Ich habe traurige Freunde,
FRÖHLICHE Freunde,
ruhige und laute Freunde,
schwache und STARKE Freunde,
faule und fleißige Freunde,
freche und nette Freunde,
ängstliche und mutige Freunde,
dicke und dünne Freunde.
Lieber Allah, ich danke
Dir, dass Du mir viele
Freunde schenkst.

Spiel: "Warme Dusche"

Bildet einen Stuhlkreis. Das Kind, das eine "warme Dusche" bekommt, sitzt in der Mitte. Alle anderen Mitspieler äußern reihum etwas positives, zu diesem Kind, wie zum Beispiel:
"Du bist sehr nett. Du kannst gut singen. Du bist schnell im Rennen."

1. Zähle auf, was dir an deinen Freunden gefällt.
2. Berichte über gemeinsame Tätigkeiten mit deinen Freunden.
3. Spielt gemeinsam das Spiel "Warme Dusche".

Ich – Du – Wir

... sind Geschenke Allahs ﷻ

Ich – Du – Wir

Meine Welt

Meine Schule

Meine Freundinnen

Meine Familie

Das bin ich

Meine Nachbarn

Ich – Du – Wir

Kinder aus aller Welt

 1. Schaut euch die Bilder an. Was fällt euch auf?
2. Nennt die Unterschiede und Gemeinsamkeiten der Kinder.
3. Tauscht euch aus, warum Allah ﷻ alle Menschen unterschiedlich erschaffen hat.

Wir leben zusammen

يَا أَيُّهَا النَّاسُ إِنَّا خَلَقْنَاكُم مِّن ذَكَرٍ وَأُنثَىٰ وَجَعَلْنَاكُمْ شُعُوبًا وَقَبَائِلَ لِتَعَارَفُوا ۚ إِنَّ أَكْرَمَكُمْ عِندَ اللَّهِ أَتْقَاكُمْ ...﴿١٣﴾

„O, ihr Menschen, Wir (Allah) haben euch aus Mann und Frau erschaffen und machten euch zu Völkern und Stämmen, damit ihr euch kennenlernt. Der Beste vor Allah ist der Frommste von euch. ..."

Koran 49:13

Vor Allah

Meine Haut ist schwarz und deine ist weiß.
Das ist ganz toll, denn jeder weiß:
Vor Allah, vor Allah
sind alle Menschen gleich.
Wir sind Schwestern und Brüder,
ob arm oder reich.
Deine Sprache kann ich manchmal nicht verstehen,
doch beim Beten können wir zusammen stehen.
Vor Allah, vor Allah
sind alle Menschen gleich.

E. Mouzaoui

Ich – Du – Wir

 1. Aus welchem Land kommen deine Eltern oder Großeltern?
2. Berichte über das Land deiner Eltern oder Großeltern.
3. Kennst du noch andere Länder und Sprachen? Nenne sie.

Ich – Du – Wir

Friede sei mit dir

- „Assalamu alaykum!"
- „Was? Was sagst du?"
- „Assalamu alaykum!"
  „Das heißt: Friede sei mit dir."
- „Ach so, wie war das? Malaykum Salaykum?"
- „Nein! Assalamu alaykum."

Ich – Du – Wir

- „Okay, Assalamu alaykum."
- „Und du antwortest mit: Alaykum Salam."
- „Und was bedeutet das?"
- „Das heißt: Friede sei mit dir."
- „Assalamu alaykum. War das so richtig?"
- „Toll, du kannst das jetzt!"

Ich – Du – Wir

Salam – der Friedensgruß

Beim Betreten eines Raumes

Beim Wiedersehen

Unter Freunden

Beim Verabschieden

Ich – Du – Wir

Unser Prophet Muhammad ﷺ sagte: „Verbreitet den Salam unter euch!"

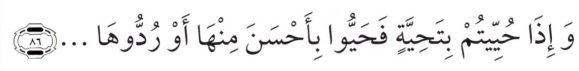

وَإِذَا حُيِّيتُم بِتَحِيَّةٍ فَحَيُّوا بِأَحْسَنَ مِنْهَا أَوْ رُدُّوهَا ... ﴿٨٦﴾

„Wenn ihr mit einem Gruß begrüßt werdet, dann grüßt mit einem noch schöneren Gruß zurück..."

Koran 4:86

Jeder Gruß ist ein Dua (Bittgebet). Salam ist ein Dua für den Grüßenden und den Begrüßten.

1. Salam bedeutet Frieden. Erklärt, warum Menschen sich gegenseitig Frieden wünschen.
2. Suche dir einen Partner oder eine Partnerin und grüßt euch gegenseitig.

Ich – Du – Wir

Der grüßende Abdullah

Jeden Tag bauten einige Händler auf dem Markt von Mekka ihre Stände auf. Sie verkauften Stoffe, Gewürze, Obst, Gemüse und noch vieles mehr. Alle auf dem Markt kannten sich. Nachdem sie mit dem Aufbau fertig waren, sahen sie auch schon Abdullah herbei kommen. Abdullah lief durch den Markt und grüßte wie gewohnt jeden ganz freundlich. Er grüßte jeden, den er sah. Er machte keinen Unterschied zwischen alt, jung, reich und arm. Vor allem grüßte er die Kinder. Dies fiel einem neugierigen Händler auf. Er fragte ihn: „Lieber Abdullah, du erstaunst mich immer wieder. Jedes Mal, wenn du hierher kommst, kaufst du nichts. Du schaust dir nicht einmal die Waren an. Weshalb bist du hier?"

Ich – Du – Wir

Abdullah antwortete lächelnd: „Ich komme hierher, um die Menschen zu grüßen." Der Händler wunderte sich und sagte: „Wie? Du bist nur hier, um jeden zu grüßen?" Abdullah antwortete: „Der Salam zwischen den Menschen verbreitet Liebe und Freundlichkeit. Sie wünschen sich gegenseitig Gutes und Frieden. Unser Prophet Muhammad ﷺ hat alle Menschen gegrüßt, denen er begegnete."

1. Wen hast du heute gegrüßt? Wer hat dich gegrüßt?
2. Überlegt, warum das Grüßen so wichtig ist.
3. Beschreibe deine Gefühle, wenn dich jemand freundlich grüßt.
4. Spielt die Geschichte nach.

Ich – Du – Wir

Allah ﷻ schenkte das schöne Leben.
Und hat dir eine Familie gegeben.
Zusammen sind wir stark: Ich – Du – Wir.
Ich begrüße dich mit: „Friede sei mit dir."

Allah ﷻ 2

Allah ﷻ

Ibrahim erkennt Allah ﷺ

Einst lebte ein Mann namens Azar. Er baute Götzen aus Holz und Steinen. Die Götzen schmückte er mit Silber, Gold und Edelsteinen. Damals verehrte man die Götzen als Götter und betete sie an.

Die Menschen glaubten, dass die Götzen ihnen helfen und Glück bringen. Es gab aber auch Menschen wie Ibrahim, die nicht an die Götzen glaubten. Ibrahim war der Sohn von Azar. Er wunderte sich, wie man Götzen als Gott verehren kann, die man selber baut.

Ibrahim machte sich Gedanken darüber, wer und wie der wahre Gott ist. Er schaute sich um und sah einen hellen Stern. Ibrahim fragte sich, ob ein Stern der Schöpfer sein kann, wie damals einige Menschen glaubten. Doch als der Stern nicht mehr zu sehen war, sagte Ibrahim: „Dinge, die verschwinden, können nicht Gott sein!"

Allah

Es gab auch Menschen, die den Mond anbeteten. In einer anderen Nacht beobachtete Ibrahim mit großen Augen den Mond, der mit seinem hellen Licht die Nacht erleuchtete. Aber nach einer Weile ging auch der Mond unter und Ibrahim sagte: „Dinge, die untergehen, können nicht Gott sein!"

Als es Tag wurde, spürte Ibrahim die Wärme der Sonne. Er überlegte sich, ob etwas so Großes Gott sein könnte. Am Abend aber sah er, wie die Sonne unterging. Ihm wurde klar, dass auch die Sonne nicht Gott sein kann. Ibrahim erkannte, dass diese Himmelskörper sich auf Befehl des einen Schöpfers bewegen. Er musste hinter all dem verborgen sein, was man sehen kann.

Ibrahim sagte: „Ich glaube nur an Allah ﷻ, der Himmel und Erde erschaffen hat. Er ist mächtiger und größer als alles andere. Ich vertraue nur allein auf Allah ﷻ und wende mich mit ganzem Herzen zu Ihm."

> Ibrahim ﷺ wurde zum Propheten auserwählt und heißt auf Deutsch Abraham.

 1. An was glaubten die Menschen zur Zeit Ibrahims ﷺ?
2. Erklärt, was Götzen sind.
3. Ibrahim ﷺ glaubte nicht an die Götzen. Nennt den Grund.
4. Wie erkannte Ibrahim Allah ﷻ?

Allah ﷻ

Tawhid – La ilaha illallah

لَا إِلٰهَ إِلَّا اللّٰهُ

La ilaha illallah

Es gibt keine Gottheit außer Allah.

مُحَمَّدٌ رَسُولُ اللّٰهِ

Muhammadun Rasulullah

Muhammad ist der Gesandte Allahs.

Sprecht das Tawhid nach.

Allah

La ilaha illallah.
Weißt du, woher du kommst, wohin du gehst?
Wofür du lebst?
Glaubst du an eine Macht,
die dir vergibt
und die dich liebt?

So sage dann:
La ilaha illallah.
Muhammadun Rasulullah.
Kein Gott außer Allah.
Muhammad ist der Gesandte Allahs.

Mustafa Özcan Güneşdoğdu

Singt gemeinsam das Lied.

Allah ﷻ

Meryem und der Apfel

Am Ende der Unterrichtsstunde holte die Lehrerin einen Korb voller Äpfel heraus. Die Schüler fragten sich, was sie damit vor hatte. Die Lehrerin gab jedem Schüler einen Apfel. Dann erklärte sie die Aufgabe: „Ihr nehmt den Apfel mit nach Hause und esst ihn an einem Ort, wo euch niemand sehen kann."

Nach Schulschluss gingen alle nach Hause. Jedes Kind suchte sich einen Ort aus, an dem es nicht gesehen werden konnte, um heimlich seinen Apfel zu essen. Ein Mädchen aß ihn hinter einem Baum. Ein anderer stellte sich hinter den Vorhang und ein anderes Kind versteckte sich im Schrank. Ein Junge aß ihn unter der Decke, wo ihn niemand sehen konnte. Und ein Kind wartete so lange bis es dunkel wurde und aß den Apfel im Dunklen.

Am nächsten Morgen kamen die Kinder in die Klasse. Die Lehrerin fragte alle, ob sie ihre Aufgabe erledigt hatten. Der Eine sagte, dass er den Apfel im Schrank gegessen habe. Der Andere sagte, dass er den Apfel im Bett gegessen habe. Ein Anderer sagte, er habe ihn hinter dem Vorhang gegessen. Alle hatten die Aufgabe erfüllt – bis auf Meryem.

Sie traute sich nicht, den Apfel aus ihrer Tasche heraus zu holen.

Allah

Aber sie war wie immer ehrlich und sagte, dass sie die Hausaufgabe nicht machen konnte. Als die Kinder das hörten, waren manche Schüler erstaunt darüber und machten sich lustig über Meryem. Sie fragten: „Warum hat Meryem die Hausaufgabe nicht gemacht. Das war doch so einfach! Nur einen Apfel zu essen kann doch nicht so schwer sein!"

Die Lehrerin fragte Meryem, warum sie denn ihren Apfel nicht aufgegessen habe. Meryem antwortete: „Ich bin mit dem Apfel überall hingegangen. Zuerst habe ich mich in meinem Zimmer versteckt. Dann habe ich überlegt, ob ich ihn im Dunklen essen sollte. Aber ich habe es nicht geschafft. Ich habe keinen Ort gefunden, an dem mich niemand sieht."

Als daraufhin die Lehrerin fragte, warum sie so denke, sagte Meryem: „Allah ﷻ sieht uns doch überall. Deshalb konnte ich meinen Apfel nicht essen." „Du hast recht", sagte die Lehrerin. So war Meryem die einzige in der Klasse, die diese Aufgabe richtig erledigt hatte. Denn Allah ﷻ ist al-Basir, „der Sehende".

Al-Basir ist Allahs ﷻ Name.
Er sieht alles ohne Ausnahme.

 1. Die Klasse von Meryem bekam eine Aufgabe. Welche war sie?
2. Erzählt, wo sich die Kinder versteckten.
3. Meryem konnte die Aufgabe nicht erfüllen. Was war der Grund?

Asma ul-Husna

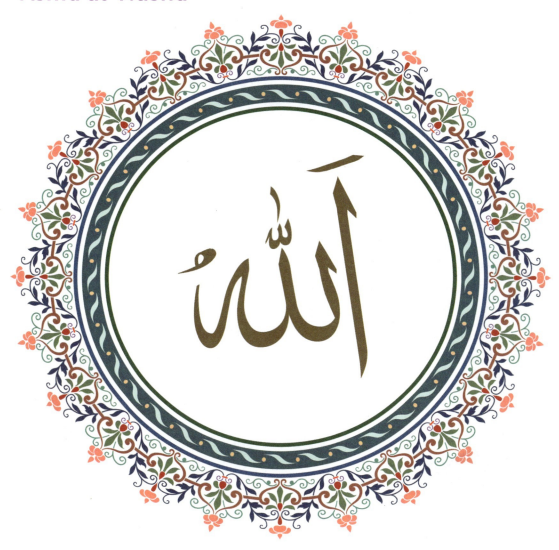

Allah ﷻ

هُوَ اللّٰهُ الَّذِى لَا اِلٰهَ اِلَّا هُوَ ❁ اَلرَّحْمٰنُ ❁ اَلرَّحِيمُ ❁ اَلْمَلِكُ ❁ اَلْقُدُّوسُ ❁ اَلسَّلَامُ ❁ اَلْمُؤْمِنُ ❁ اَلْمُهَيْمِنُ ❁ اَلْعَزِيزُ ❁ اَلْجَبَّارُ ❁ اَلْمُتَكَبِّرُ ❁ اَلْخَالِقُ ❁ اَلْبَارِئُ ❁ اَلْمُصَوِّرُ ❁ اَلْغَفَّارُ ❁ اَلْقَهَّارُ ❁ اَلْوَهَّابُ ❁ اَلرَّزَّاقُ ❁ اَلْفَتَّاحُ ❁ اَلْعَلِيمُ ❁ اَلْقَابِضُ ❁ اَلْبَاسِطُ ❁ اَلْخَافِضُ ❁ اَلرَّافِعُ ❁ اَلْمُعِزُّ ❁ اَلْمُذِلُّ ❁ اَلسَّمِيعُ ❁ اَلْبَصِيرُ ❁ اَلْحَكَمُ ❁ اَلْعَدْلُ ❁ اَللَّطِيفُ ❁ اَلْخَبِيرُ ❁ اَلْحَلِيمُ ❁ اَلْعَظِيمُ ❁ اَلْغَفُورُ ❁ اَلشَّكُورُ ❁ اَلْعَلِيُّ ❁ اَلْكَبِيرُ ❁ اَلْحَفِيظُ ❁ اَلْمُقِيتُ ❁ اَلْحَسِيبُ ❁ اَلْجَلِيلُ ❁ اَلْكَرِيمُ ❁ اَلرَّقِيبُ ❁ اَلْمُجِيبُ ❁ اَلْوَاسِعُ ❁ اَلْحَكِيمُ ❁ اَلْوَدُودُ ❁ اَلْمَجِيدُ ❁ اَلْبَاعِثُ ❁ اَلشَّهِيدُ ❁ اَلْحَقُّ ❁ اَلْوَكِيلُ ❁ اَلْقَوِىُّ ❁ اَلْمَتِينُ ❁ اَلْوَلِىُّ ❁ اَلْحَمِيدُ ❁ اَلْمُحْصِى ❁ اَلْمُبْدِئُ ❁ اَلْمُعِيدُ ❁ اَلْمُحْيِى ❁ اَلْمُمِيتُ ❁ اَلْحَىُّ ❁ اَلْقَيُّومُ ❁ اَلْوَاجِدُ ❁ اَلْمَاجِدُ ❁ اَلْوَاحِدُ ❁ اَلْأَحَدُ ❁ اَلصَّمَدُ ❁ اَلْقَادِرُ ❁ اَلْمُقْتَدِرُ ❁ اَلْمُقَدِّمُ ❁ اَلْمُؤَخِّرُ ❁ اَلْأَوَّلُ ❁ اَلْأٰخِرُ ❁ اَلظَّاهِرُ ❁ اَلْبَاطِنُ ❁ اَلْوَالِى ❁ اَلْمُتَعَالِى ❁ اَلْبَرُّ ❁ اَلتَّوَّابُ ❁ اَلْمُنْتَقِمُ ❁ اَلْعَفُوُّ ❁ اَلرَّؤُوفُ ❁ مَالِكُ الْمُلْكِ ❁ ذُو الْجَلَالِ وَالْإِكْرَامِ ❁ اَلْمُقْسِطُ ❁ اَلْجَامِعُ ❁ اَلْغَنِىُّ ❁ اَلْمُغْنِى ❁ اَلْمَانِعُ ❁ اَلضَّآرُّ ❁ اَلنَّافِعُ ❁ اَلنُّورُ ❁ اَلْهَادِى ❁ اَلْبَدِيعُ ❁ اَلْبَاقِى ❁ اَلْوَارِثُ ❁ اَلرَّشِيدُ ❁ اَلصَّبُورُ ❁
جَلَّ جَلَالُهُ.

> Allah ﷻ hat 99 Namen. Sie sind auch seine Eigenschaften.

Allah

Allah gehören die schönsten Namen

Allah ist das arabische Wort für Gott. Allah ist der Schöpfer. Er hat alles erschaffen, was wir sehen und nicht sehen können. Allah ist weder männlich noch weiblich. Als Zeichen zur Verehrung schreibt man zum Beispiel „Er, Ihn, Dir, Du, Dich" groß.

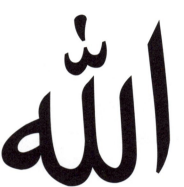

Es gibt keinen Gott außer Allah. Sein sind die schönsten Namen. Subhanallah.

Zur Verehrung Allahs sagen wir „Subhanahu wa taala". Das bedeutet „Gepriesen und Erhaben ist Er".

„... wie du Ihn auch rufst. (Ihm) gehören doch die schönsten Namen..."

Koran 17:110

 Male den arabischen Namen Allahs ab und verziere ihn.

Allah

Die Eigenschaften Allahs

Allah hat viele Eigenschaften. Seine Eigenschaften sind gleichzeitig seine Namen.

Der Schöpfer

Der Versorger

Allahs schöne Namen nennt man Asma al-Husna.

 1. Allah ist Al-Halik, der Schöpfer. Gibt Beispiele von seiner Schöpfung.
2. Allah ist Ar-Razzak, der Versorger. Womit Versorgt Er alle Lebewesen?

 Allah ﷻ

Allah ﷻ ist gnädig

 **Der Gnädige**

 Sprecht über die Bilder.
Wie zeigt Allah ﷻ seine Gnade?

Allah ﷻ

Allah ﷻ ist barmherzig

… إِنَّ رَبِّي رَحِيمٌ وَدُودٌ ﴿٩٠﴾

„… Mein Herr ist barmherzig und liebevoll."

Koran 11:90

Der Barmherzige **Der Liebevolle**

AR-RAHIM AL-WADUD

1. Wer ist liebevoll zu dir? Zu wem bist du liebevoll?
2. Beschreibe, wie du barmherzig sein kannst.

Allah ﷻ

„Glaubt an Einen", sagte Ibrahim.
Gnädig und barmherzig ist Rahman ar-Rahim.
So sage dann: „La ilaha illallah.
Es gibt keine Gottheit außer Allah."

Die Schöpfung 3

Die Schöpfung

Allah ﷻ hat alles erschaffen

Er ist es, der die  ausdehnte und

feste  und  schuf.

Alle  erschuf Er paarweise.

Die  lässt Er den  bedecken...

Koran 13:3

وَهُوَ الَّذِي مَدَّ الْأَرْضَ وَجَعَلَ فِيهَا رَوَاسِيَ وَأَنْهَارًا وَمِن كُلِّ الثَّمَرَاتِ جَعَلَ فِيهَا زَوْجَيْنِ اثْنَيْنِ يُغْشِي اللَّيْلَ النَّهَارَ ﴿٣﴾

Koran 13:3

 Liest den Vers und sprecht darüber. Welche Gaben Allahs ﷻ kommen in der Ayat vor?

Die Schöpfung

Subhanallah

Schau, der Mond, der am Himmel steht
und wie er sich um die Erde dreht.
Schau, der Himmel, der ist so weit und breit.
Schau, die Sonne, die uns täglich wärmt.
Schau, der Stern, der die Nacht erhellt.
Subhanallah, Lob und Preis sei Allah.
Subhanallah, Subhanallah.

Subhanallah bedeutet: „Allah sei gepriesen!"

Die Schöpfung

Alles ist für den Menschen

Die Schöpfung

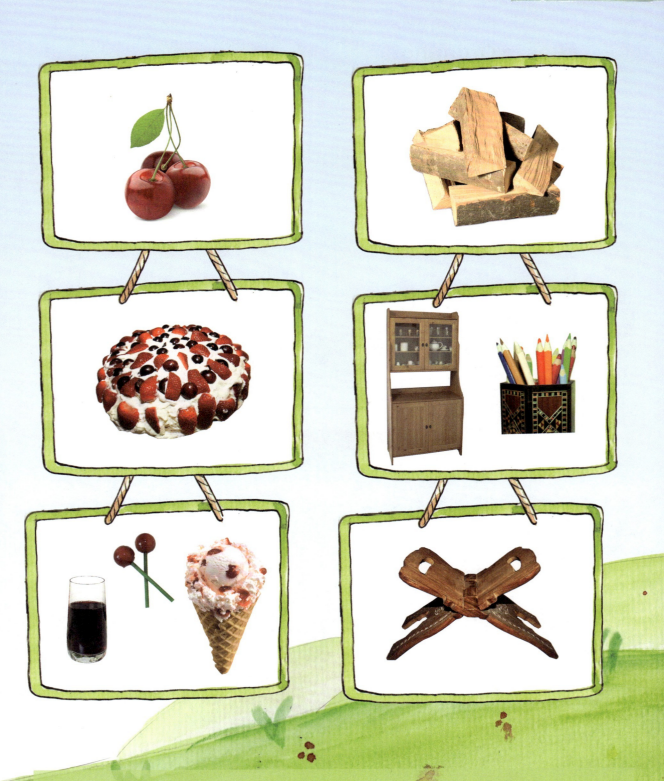

1. Menschen können aus Allahs ﷻ Schöpfung vieles herstellen. Gibt dazu Beispiele.
2. Erstellt zu eurem Beispiel eine Collage.

Die Schöpfung

Alles in Ordnung?

❓ Schaut euch das Bild an und sprecht darüber. Was fällt euch auf?

54

Die Schöpfung

Die Schöpfung

Nasreddin Hodscha

Die Schöpfung

Allah hat alles in einer Ordnung erschaffen.

Die Schöpfung

Subhanallah! Betrachte die Schöpfung.
Allah ﷻ schuf alles in einer Ordnung.
Wunderbar ist die Welt und der Weltraum.
Als Beispiel reicht schon der Baum.

Das Gebet 4

Das Gebet

Muslime beten überall

يَا أَيُّهَا الَّذِينَ آمَنُوا اسْتَعِينُوا بِالصَّبْرِ وَالصَّلَاةِ ...

„O ihr, die ihr glaubt! Sucht Hilfe in der Geduld und im Gebet ..."

Koran 2:153

Das Gebet

Wir Muslime nennen das Gebet auch Salah oder Namaz.

 1. Erkennst du einige Gegenstände? Benenne sie.
2. Erkläre, wann und wozu man sie braucht.

Das Gebet

Ich wünsche mir von Allah ﷺ...

In der Nähe und Ferne,
ich hab Dich immer gerne.
Auch wenn ich Dich nicht sehe,
wohin ich auch immer gehe.
Ich weiß, Du bist bei mir,
o Allah, ich vertraue Dir.

„Euer Herr sagt: Betet zu Mir und Ich werde euer Gebet erhören..."

Koran 40:60

Ich wünsche mir Gesundheit und gute Freunde.

 1. Liest den Ayat. Sprecht darüber.
2. Erzähle über deine Duas und Wünsche.

Das Gebet

Ich danke Allah ﷻ für...

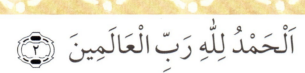

اَلْحَمْدُ لِلّٰهِ رَبِّ الْعَالَمِينَ ﴿٢﴾

„Lob und Dank sei Allah, dem Herrn der Welten."

Koran 1:2

Ya Rabbi,
Alhamdulillah, ich danke Dir für meine Familie.
Alhamdulillah, ich danke Dir für meine Freunde.
Alhamdulillah, ich danke Dir für das Essen und Trinken.
Und, lieber Allah, ich danke Dir für alles, was Du mir noch gegeben hast.

Ya Rabbi bedeutet auf Deutsch: „O mein Herr".

 Für was können wir Allah ﷻ noch danken? Zählt weitere Beispiele auf.

Das Gebet

Bismillah

In deinem Namen, o Allah!

Jeden Morgen, wenn ich aufstehe,
sag ich sofort Bismillah.
Und wenn ich mir die Hände wasche,
sag ich sofort Bismillah.

Refrain:
Bismillah, Bismillah, Bismillah,
in deinem Namen, o Allah.
Bi Bi Bi – Ismi Ismi Ismi – Allah Allah Allah.
Bismillah, Bismillah, Bismillah,
in deinem Namen, o Allah.

Wenn ich mich zum Essen setze,
wenn ich mir die Schuhe anziehe,
und wenn ich in die Schule gehe,
sag ich sofort Bismillah.

Refrain

Wenn ich ein Buch aufschlage,
wenn ich zu lesen beginne,
wenn ich dann noch etwas schreibe,
sag ich sofort Bismillah.

Refrain

Celal Özcan

1. Erläutert die Bedeutung von Bismillah.
2. Wann sagt ihr noch Bismillah?
3. Stellt eine Situation pantomimisch dar, in der ihr Bismillah sagt.

Das Gebet

Alhamdulillah

Lob und Dank sei Allah!

Für die Augen Alhamdulillah,
für die Ohren Alhamdulillah,
für die Nase Alhamdulillah,
für den Mund Alhamdulillah.

Alhamdulillah, Alhamdulillah, Alhamdulillah!
Ich dank Dir, o Allah!
Alhamdulillah, Alhamdulillah, Alhamdulillah!
Lob und Dank sei Allah!

Für die Hände Alhamdulillah,
für die Beine Alhamdulillah,
für die Füße Alhamdulillah,
für den Körper Alhamdulillah.

Alhamdulillah, Alhamdulillah, Alhamdulillah!
Ich dank Dir, o Allah!
Alhamdulillah, Alhamdulillah, Alhamdulillah!
Lob und Dank sei Allah!

Celal Özcan

1. Erklärt die Bedeutung von Alhamdulillah.
2. Male ein Bild, wofür du Allah ﷻ danken möchtest.

Das Gebet

Meine ersten Duas

„ ... O mein Herr, vertiefe mein Wissen."

Koran 20:114

„ ... und mache es mir leicht."

Koran 20:26

„Unser Herr, nimm es von uns an! Du hörst alles und weißt alles."

Koran 2:127

Das Gebet

„Erleichtere mein Sprechen, damit sie mich verstehen."

Koran 20:27-28

„Lob und Dank sei Allah, dem Herrn der Welten."

Koran 1:2

1. Kannst du auch ein Dua? Trage es vor.
2. In welchen Situationen sprichst du ein Dua? Beschreibe deine Gefühle.

Das Gebet

Erzähle Allah ﷻ deine Ängste und Sorgen.
Bete und fühle dich bei Ihm geborgen.
Wünsche von Ihm, was es auch sei.
Er hört dir zu und steht dir bei.

Der Koran 5

Der Koran

Wahy – Wie alles begann

Unser Prophet Muhammad ﷺ lebte in Mekka. Dort gab es viel Ungerechtigkeit und die Menschen beteten Götzen an. Daher zog sich der Prophet in die Höhle Hira zurück und machte sich Gedanken darüber. Als er vierzig Jahre alt war, geschah eines nachts etwas Außergewöhnliches in dieser Höhle.

Muhammad ﷺ erzählte mit Erstaunen: „Der Engel Dschibril ﷺ trat vor mich und sprach: ‚Lies!'. Ich sagte: ‚Ich kann nicht lesen'. Da drückte er mich ganz fest, sodass ich dachte, ich bekäme keine Luft mehr. Dann ließ er mich los und sagte wieder: ‚Lies!'. Ich sagte wieder: ‚Ich kann nicht lesen.' Und wieder drückte er mich, dass ich dachte, ich müsse sterben. Als er mich los ließ, befahl er erneut: ‚Lies!'. Ich sagte wieder: ‚Ich kann nicht lesen.' Als er mich dann nochmals fest an sich drückte, fragte ich aus Angst, er könnte es nochmal tun: ‚Was soll ich lesen?' Da sprach er: ‚Lies! Im Namen deines Herrn, der erschaffen hat. Der den Menschen erschaffen hat aus einem Blutklumpen. Lies! Denn dein Herr ist gütig. Der mit dem Stift lehrte. Der die Menschen lehrte, was sie nicht wussten.' Ich wiederholte die Worte und Dschibril ﷺ entfernte sich von mir.

Dann verließ ich die Höhle. Draußen hörte ich eine Stimme vom Himmel: ‚O Muhammad, du bist der Gesandte Allahs und ich bin Dschibril.' Ich schaute zum Himmel und sah den Engel erneut. Nochmal sagte er: ‚O Muhammad, du bist der Gesandte Allahs und ich bin Dschibril.' Als ich mich umsah, egal in welche Himmelsrichtung, sah ich ihn immer in der gleichen Weise. Als der Engel nicht mehr zu sehen war, machte ich mich auf den Weg nach Mekka."

> Propheten sind Gesandte Allahs ﷻ. Sie übermitteln den Menschen seine Botschaften.

> Der Engel Dschibril wird auch Dschabrail genannt. Im Deutschen heißt er Gabriel.

Der Koran

اِقْرَأْ بِاسْمِ رَبِّكَ الَّذِي خَلَقَ ۝ خَلَقَ الْإِنْسَانَ مِنْ عَلَقٍ ۝
اِقْرَأْ وَرَبُّكَ الْأَكْرَمُ ۝ الَّذِي عَلَّمَ بِالْقَلَمِ ۝
عَلَّمَ الْإِنْسَانَ مَا لَمْ يَعْلَمْ ۝

1. „Lies! Im Namen deines Herrn, der erschaffen hat.
2. Der den Menschen aus Blutklumpen erschaffen hat.
3. Lies! Denn dein Herr ist gütig.
4. Der mit dem Stift lehrte.
5. Der die Menschen lehrte, was sie nicht wussten."

Koran 96:1-5

1. Welcher Engel überbrachte die Botschaft Allahs?
2. Zu wem erschien Dschibril?
3. In welcher Stadt fand dieses Ereignis statt?

Der Koran

Kalamullah – Allahs ﷻ Worte

An einem Wochenende bekam Meryem Besuch von ihrer Freundin Paula. Meryem führte sie in ihre Spielecke. Während sie miteinander spielten, hörte Paula eine Stimme. Die klangvolle Stimme beeindruckte sie sehr. Paula fragte: „Meryem, wer singt da?" „Das ist mein Bruder Ali. Er singt nicht. Er liest aus dem Koran", antwortete Meryem. „Das ist aber schön", meinte Paula. „Stimmt. Komm, lass uns zu ihm gehen!" Sie setzten sich ruhig neben Ali und hörten ihm zu. Nachdem er fertig war, zeigte Paula auf den Koran und fragte: „Der Koran, das ist doch euer heiliges Buch, oder? Sag mal, was steht denn im Koran?"

Ali fing an zu erzählen: „Im Koran steht alles, was Allah ﷻ von den Menschen erwartet, damit sie friedlich zusammen leben können. Er ist auf Arabisch. Das sind die Worte Allahs ﷻ. Der Engel Dschibril ﷺ hat sie unserem Propheten Muhammad ﷺ verkündet. Und Muhammad ﷺ hat das, was er von Dschibril ﷺ gehört hat, seinen Freunden, den Sahabas, vorgetragen. Die Verse wurden auswendig gelernt. Der Prophet ﷺ ließ die Verse auch auf Leder, Holzbrett und Papier aufschreiben. Später sammelten sie alles, was aufgeschrieben wurde. Daraus entstand dann der Koran in Buchform."

Wir lernen einige Teile aus dem Koran auf arabisch auswendig.

Der Koran

Ein Buch entsteht

Der ganze Koran wurde in 23 Jahren offenbart.

Allah — Dschibril — Muhammad — Sahaba — Sahifa (Seiten)

1. Erzählt, wie der Koran entstanden ist.
2. Erstellt dazu eine Collage.

Der Koran

Der Koran

Sure al-Fatiha – die Eröffnende

سُورَةُ الْفَاتِحَةِ

بِسْمِ اللّٰهِ الرَّحْمٰنِ الرَّحِيمِ
اَلْحَمْدُ لِلّٰهِ رَبِّ الْعَالَمِينَ ۞ اَلرَّحْمٰنِ الرَّحِيمِ ۞
مَالِكِ يَوْمِ الدِّينِ ۞ اِيَّاكَ نَعْبُدُ وَاِيَّاكَ نَسْتَعِينُ ۞
اِهْدِنَا الصِّرَاطَ الْمُسْتَقِيمَ ۞ صِرَاطَ الَّذِينَ أَنْعَمْتَ عَلَيْهِمْ ۞
غَيْرِ الْمَغْضُوبِ عَلَيْهِمْ وَلَا الضَّالِّينَ ۞

Koran 1:1-7

Deutsch	Umschrift
1. Im Namen Allahs, des Gnädigen, des Barmherzigen.	1. Bismilla hirrahma nirrahim.
2. Lob sei Allah, dem Herrn der Welten.	2. Alhamdulillahi rabbil alamin.
3. Dem Gnädigen, dem Barmherzigen.	3. Arrahma-nir Rahim.
4. Dem König am Tage des Gerichts.	4. Maliki yawmiddin.
5. Nur Dir dienen wir, und Dich allein bitten wir um Hilfe.	5. Iyyaka nabudu wa iyyaka nastain.
6. Führe uns den geraden Weg.	6. Ihdinas siratal mustakim.
7. Den Weg derer, die Du gesegnet hast, nicht derer, denen Du zornig bist, und nicht der Irregehenden!	7. Siratallazina anamta alayhim gayril magdubi alayhim waladdalin.

Mit der Sure al-Fatiha beginnt der Koran. Sie ist eine der wichtigsten Suren und wird bei jedem Gebet gelesen. Auch ich lese sie sehr oft!

Sure al-Ihlas – die Aufrichtigkeit

Koran 112:1-4

Deutsch	Umschrift
Im Namen Allahs, des Gnädigen, des Barmherzigen.	Bismilla hirrahma nirrahim.
1. Sag: Allah ist Einer.	1. Kul huwallahu ahad.
2. Allah braucht nichts und niemanden.	2. Allahus samad.
3. Er hat nicht gezeugt. Und ist nicht gezeugt worden.	3. Lam yalid walam yulad.
4. Und keiner ähnelt Ihm.	4. Walam yakullahu kufuwan ahad.

Hört euch die Suren an und sprecht sie gemeinsam nach.

1. Finde diese beiden Suren im Koran.
2. Trage eine Sure vor, die du kannst.

Der Koran

Lies das Buch deines Herrn.
Lies seine Worte, Er hat es gern.
Allah ﷻ sagt dir, was gut und schlecht ist.
Denn Er möchte, dass du glücklich bist.

Die Propheten 6

Die Propheten

Die Propheten – Vorbilder für uns

Allah ﷻ sandte den Menschen immer wieder Propheten. Sie waren auserwählte Personen, die den Menschen die Botschaften Allahs ﷻ verkündeten. Die Propheten werden auch Gesandte Allahs ﷻ genannt. Sie waren besonders ehrliche, zuverlässige, intelligente und vertrauenswürdige Menschen.

Immer wieder vergaßen die Menschen Allah ﷻ und hielten sich nicht an die Regeln. Propheten erzählten von Ihm und erinnerten die Menschen an ihre Aufgaben gegenüber Allah ﷻ und ihren Mitmenschen. Sie sind Vorbilder und wie Lehrer für uns. Sie bringen uns nur Gutes bei. Mit ihrem vorbildhaften Verhalten zeigen sie uns, wie man friedlich und gerecht miteinander lebt. Allah ﷻ schickte zu jedem Volk einen Propheten. Im Koran werden einige Namen der Propheten erwähnt. Der erste Prophet war Adam ﷺ und der letzte war Muhammad ﷺ.

1. Benenne die Eigenschaften der Propheten.
2. Erklärt die Aufgaben der Propheten.
3. Welche Propheten kennst du noch?

Die Propheten

Die Mawlid-Nacht

Es war eine besondere Nacht, merkwürdig ruhig. Der Himmel war klar und ein tiefes Blau erstreckte sich über die Sterne. Alle Menschen waren schon längst eingeschlafen. Aber die Häuser von Mekka waren wach und unterhielten sich. Ein Häuschen fing an mit großer Begeisterung zu erzählen:

„Ich erinnere mich an eine Nacht wie diese. Es war eine schöne Nacht und die Sterne funkelten besonders hell. Plötzlich sah ich, dass ein Licht aus dem Haus von Amina hervor kam. Das Licht war heller als alle Sterne. Etwas passierte dort. Ein Kind wurde geboren. Seine Mutter Amina war eine bekannte junge Frau. Viele Frauen halfen ihr bei der Geburt. Das niedliche Baby erfreute alle mit seinem lieblichen Lächeln. Seine dunklen Augen strahlten und ermutigten Amina, denn sie hatte kurz vor der Geburt ihren Ehemann Abdullah verloren. Sie freute sich sehr über ihr Kind. Auch der Großvater Abdulmuttalib freute sich sehr über seinen Enkel und nannte ihn Muhammad ﷺ."

1. Erklärt die Besonderheit der Mawlid-Nacht.
2. Erwähnt die Personen, die im Text vorkommen.

Die Propheten

Das Leben unseres Propheten Muhammad ﷺ

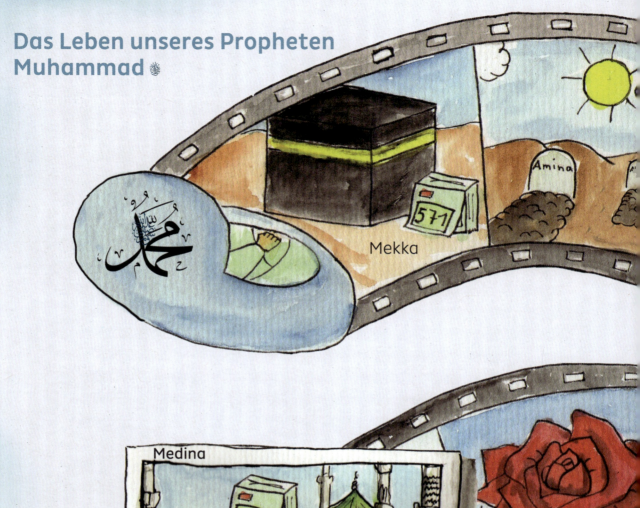

Mekka

Medina

 1. Fasst die Informationen über das Leben unseres Propheten zusammen.
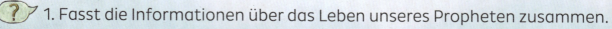 2. Erstellt dazu ein Malbild oder eine Collage.

Die Propheten

Die Propheten

Unser Prophet Muhammad ﷺ

Ich glaube an Allah,
und Muhammad, den Rasulullah.
Er wurde geboren in Mekka.
Seine Mutter hieß Amina.
Er war Abdullahs Sohn
Alle Welt wartete schon.

Der Opa hieß Abdulmuttalib,
er hatte seinen Enkel sehr lieb.
Halima, die Amme, zog ihn auf,
Allah beschenkte sie darauf.
Abu Talib, der mutige Onkel,
war für ihn wie ein Schutzengel.

Die Propheten

Schon als kleines Kind
war er ein großes Vorbild.
Stets achtete er auf sein Verhalten,
hat sein Wort immer gehalten.
Man nannte ihn al-Amin,
denn jeder vertraute ihm.

Er wurde jung ein Kaufmann,
Hadidscha nahm ihn als Ehemann.
Er hatte sieben Kinder,
drei Söhne und vier Töchter.

Mit vierzig wurde er auserwählt.
Er ist der letzte Prophet.
Er verkündete die Botschaft von Allah,
und sagte: „La ilaha illallah!"
Es gibt keinen Gott außer Allah.

                Rukiye Kurtbecer

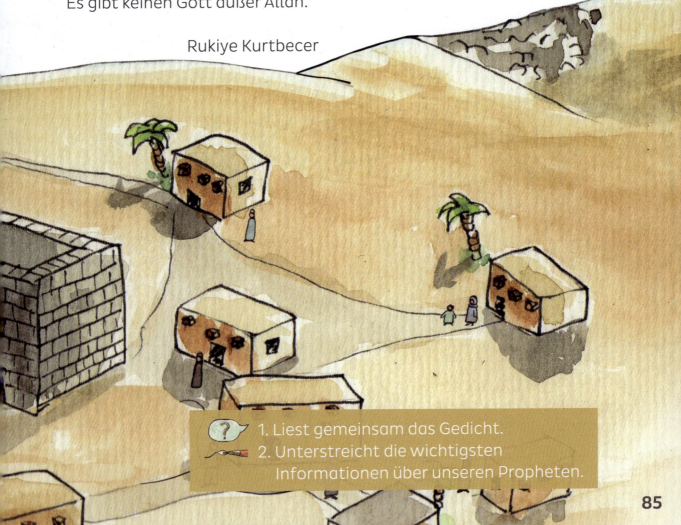

1. Liest gemeinsam das Gedicht.
2. Unterstreicht die wichtigsten Informationen über unseren Propheten.

Die Propheten

Die Menschen, die an Allah glaubten, gingen mit Nuh auf das Schiff. Er nahm von jedem Tier ein Männchen und ein Weibchen mit.

4

Bald darauf kam ein heftiger Regen. Das ganze Land wurde überschwemmt.

5

Nach der Überschwemmung landete das Schiff auf dem Festland.

6

 1. Nuh wurde zum Propheten auserwählt. Welchen Auftrag hatte er von Allah bekommen?
2. Die Menschen machten sich über ihn lustig. Nennt den Grund.

Die Propheten

Der Prophet Yunus ﷺ

An einem stürmischen Tag erinnerte sich ein weiser Fisch an ein wahres Ereignis. Er fing an, es den kleinen Fischen zu erzählen:

„Einst lebte ein Mann namens Yunus ﷺ in der Stadt Ninive. Die Menschen dort waren unglücklich und lebten nicht in Frieden miteinander. Sie hielten sich nicht an die Regeln und beteten Götzen an. Allah ﷻ wollte aber, dass diese Menschen in Frieden leben. Deshalb erwählte er Yunus ﷺ zu seinem Propheten. Allah ﷻ gab Yunus ﷺ die Aufgabe, zu den Menschen in Ninive zu sprechen: „Lebt friedlich miteinander, haltet Allahs ﷻ Regeln ein und seid nicht ungerecht!".

Yunus ﷺ ging zu seinem Volk und erzählte von seinem Auftrag. Er sagte: „Glaubt an Allah ﷻ und befolgt seine Regeln!".

Aber die Einwohner von Ninive hörten nicht auf ihn. Sie lachten Yunus ﷺ aus und beleidigten ihn. Er versuchte viele Jahre, die Menschen zu überzeugen. Verzweifelt dachte er darüber nach, wie er die Einwohner von der Botschaft Allahs ﷻ überzeugen könnte. Doch die Menschen wollten ihm nicht folgen. Verärgert und ohne die Erlaubnis Allahs ﷻ verließ er die Stadt. Er wanderte einige Tage umher, bis er ein Schiff sah. Er beschloss, mit dem Schiff weit weg zu fahren.

Die Propheten

Als das Schiff den Hafen verließ, kam ein heftiger Sturm auf. Es wurde von den Wellen hin- und hergeworfen. Der Sturm wurde immer heftiger. Die Seeleute versuchten, zurück zu rudern, um sich in Sicherheit zu bringen. Sie bekamen Angst und baten ihre Götter um Hilfe. Jedoch hörte der Sturm nicht auf. Die Seeleute glaubten, dass einer an Bord ihnen Unglück gebracht hatte. Der Kapitän sagte: ‚Lasst uns den Unglücksbringer über Bord werfen, sonst werden wir alle ertrinken!'. Sie wussten aber nicht, wer der Unglücksbringer war. Sie wollten das mit einem Los bestimmen.

Das Los fiel jedes Mal auf Yunus ﷺ. ‚Der Sturm ist meinetwegen!', rief Yunus ﷺ. ‚Allah ﷻ ist der einzig wahre Gott! Er prüft mich, weil ich ungeduldig war und die Stadt ohne seine Erlaubnis verlassen habe! Werft mich über Bord und der Sturm wird sich legen!' Die Seeleute warfen ihn ins Meer. Plötzlich hörte der Sturm auf, so wie es Yunus ﷺ gesagt hatte. Sie sahen ein, dass er Recht hatte. ‚O Yunus, Allah ﷻ ist der einzig wahre Gott!', riefen sie. Sie fielen auf die Knie und dankten Allah ﷻ."

1. Erläutert die Aufgabe von Yunus ﷺ.
2. Sprecht darüber, warum Yunus ﷺ die Stadt verließ.
3. Die Seeleute wollten jemanden aus dem Schiff werfen. Was war der Grund?

Die Propheten

Yunus ﷺ bittet um Hilfe

Die Geschichte des weisen Fisches war aber längst noch nicht zu Ende. Er erzählte weiter:

„Nachdem Yunus ﷺ über Bord geworfen wurde, sank er auf den Meeresgrund. Allah ﷻ wollte aber, dass Yunus ﷺ weiterlebt. Er schickte einen riesigen Wal, der Yunus ﷺ verschluckte. Im Bauch des Wales war es sehr dunkel und nass. Yunus ﷺ hatte große Angst, aber er fühlte sich beschützt. Er sah seinen Fehler ein und wusste jetzt, dass er die Stadt nur mit Allahs ﷻ Erlaubnis verlassen durfte. Er betete zu Allah ﷻ und hoffte auf Vergebung. Und so geschah es. Allah ﷻ befahl dem Wal, Yunus ﷺ am Ufer wieder auszusetzen. Yunus ﷺ war so glücklich und dankte Allah ﷻ sehr. Nun sollte Yunus ﷺ nach Ninive zurückkehren.

Die Propheten

In der Zwischenzeit gab es in Ninive einen ungewöhnlich heftigen Sturm. Die Menschen in der Stadt nahmen es als eine Warnung an und bemerkten jetzt, dass sie im Irrtum waren. Sie hatten ihre Fehler eingesehen. Das Volk glaubte inzwischen an die Botschaft Allahs, die ihnen Yunus mitgeteilt hatte. Sie versprachen ihm, an den einzigen Gott zu glauben und sich zu ändern. Daraufhin vergab Allah auch den Bewohnern von Ninive, wie er vorher Yunus vergeben hatte."

Das glückliche Ende begeisterte die kleinen Fische sehr. Sie sagten: „Ohhh, das ist aber ein tolles Erlebnis. Schade, dass wir Yunus nicht sehen konnten."

„Es gibt keinen Gott außer Dir. Gepriesen seist Du! Ich war einer von denen, die ungerecht waren!"

Koran 21:87

1. Sprecht darüber, wie sich Yunus gefühlt hat, als er im Bauch des Fisches war.
2. Tauscht euch darüber aus, was man in Angstsituationen tun kann.
3. Beschreibe, wie du zu Allah betest.

Die Propheten

Ich vertraue auf Allah ﷻ

Allah ﷻ möchte das Gute für alle Menschen. Er sandte Bücher und Propheten, um uns den rechten Weg zu zeigen. Alle Propheten vertrauten auf Allah ﷻ. Sie waren immer geduldig, auch wenn ihnen Schlechtes zustieß. Die Propheten zeigen uns, wie man auch in schwiergen Situationen richtig handelt. Auch wir erfahren manchmal Schlechtes. Wir können mit Geduld und Gebeten auf Allah ﷻ vertrauen und somit schlechte Zeiten überwinden.

Allah ﷻ sagt im Koran, dass Er diejenigen liebt, die sich auf Ihn verlassen. Unser Prophet Muhammad ﷺ betonte: „Der Glaube hat zwei Hälften: die eine ist Geduld und die andere Dankbarkeit."

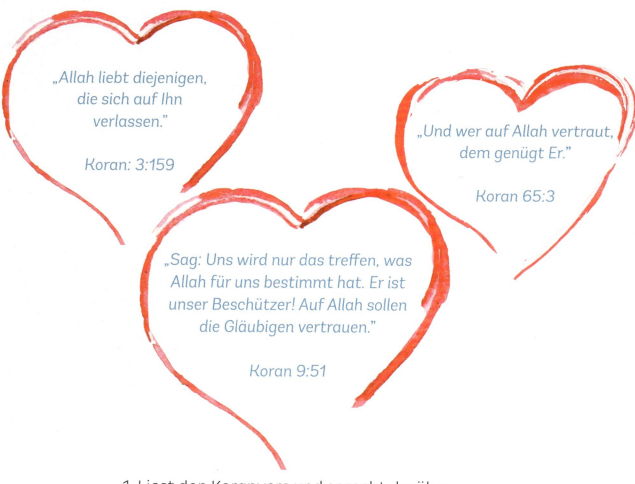

„Allah liebt diejenigen, die sich auf Ihn verlassen."

Koran: 3:159

„Und wer auf Allah vertraut, dem genügt Er."

Koran 65:3

„Sag: Uns wird nur das treffen, was Allah für uns bestimmt hat. Er ist unser Beschützer! Auf Allah sollen die Gläubigen vertrauen."

Koran 9:51

1. Liest den Koranvers und sprecht darüber.
2. Schreibt einen Koranvers auf und verziert ihn.

Die Propheten

Allah ﷻ ist mit uns

O Allah, Du genügst mir,
denn es gibt keine Gottheit außer Dir!
Auf Dich vertraue ich,
denn Du beschützt mich.

So sehr liebt uns Allah,
dass Er die Propheten schickt
und uns tief ins Herz hineinblickt!

So sehr liebt uns Allah,
dass Er der beste Beschützer ist
und gerecht zu uns allen ist.

     E. Mouzaoui

 1. "O Allah, Du genügst mir!" Tauscht euch über diesen Ayat aus. Was bedeutet er für euch?
2. Gibt es Personen, denen du vertraust und weshalb?
3. Bist du für andere eine vertrauenswürdige Person? Begründe warum und für wen.

Die Propheten

Manchmal fühlt man sich...

Die Propheten

1. Auf dem Schulhof passiert vieles. Schaut euch die Kinder an und beschreibt, wie sie sich fühlen.
2. Kennt ihr auch ähnliche Situationen? Berichtet darüber.
3. Erzählt, wie ihr eure Probleme gelöst habt.
4. Stellt im Rollenspiel eine Situation dar.

Die Propheten

Als Vorbilder sandte Allah ﷻ die Propheten.
Sie lehrten uns das Gute und das Beten.
Allah ﷻ lässt dich nie allein. Er liebt dich sehr.
Und wer auf Ihn vertraut, dem genügt Er.

Feste 7

Feste

Ramadan – der Fastenmonat

Sahur ist die Zeit vor der Morgendämmerung. Die Muslime stehen auf, frühstücken gemeinsam und bereiten sich auf das Fasten vor. Iftar ist das Essen nach dem Sonnenuntergang, wenn das Fasten endet.

Fasten bedeutet, dass man von der Morgendämmerung bis zum Sonnenuntergang nichts isst und trinkt.

Das Tarawih-Gebet verrichten wir nur im Ramadan. Es findet nach dem Nachtgebet statt.

Im Monat Ramadan lesen wir den Koran öfters. Wir verbringen die Zeit mit mehr Gebeten.

1. Ramadan-Sahur-Iftar-Tarawih sind wichtige Begriffe im Monat Ramadan. Erläutert sie.
2. Beschreibt den Beginn und das Ende des Fastens.
3. Erzähle über dein eigenes Ramadanerlebnis.

Bayram – Ramadanfest – Id al-Fitr

Bayram wunderbar

Fasten, Fasten ist vorbei,
Bayram, Bayram komm herbei!

Morgens, das vergess' ich nie,
geh'n wir all' in die Moschee.

Denn dort ist das Festgebet,
ein jeder hinter'm Imam steht.

Wenn der Imam fertig ist,
dann beginnt das schöne Fest.

Schöne Kleider haben wir an,
erst dann sind süße Sachen dran.

Und das Küssen vieler Hände,
nimmt für Kinder gar kein Ende.

Doch das macht 'nen Riesenspaß,
denn zum Bayram gibt's ja was!

Neue Kleider, Taschengeld,
süße Sachen, wie's gefällt.

Familie, Freunde, alle da,
Bayram, du bist wunderbar.

Der Ramadan endet mit dem Ramadanfest. Das Fest dauert drei Tage. In dieser Zeit besucht und beschenkt man sich gegenseitig.

 Berichte darüber, wie du mit deiner Familie das Ramadanfest feierst.

 Feste

Das Kurbanfest

Ich bin ja so aufgeregt. Seit Tagen bereitet sich meine Familie auf das Kurbanfest vor. Das Fest dauert vier Tage. Wir haben unsere Wohnung geschmückt und auf die Festtage vorbereitet. Außerdem haben meine Geschwister und ich neue Kleider bekommen.

Jetzt ist es endlich so weit. Meine Mutter weckt mich heute etwas früher auf. Dann gehen wir gemeinsam mit meinem Vater zum Festgebet in die Moschee. Puhh! Die Moschee ist heute aber voll! Wir verrichten mit der ganzen Gemeinschaft zusammen das Festgebet.

Nach dem Gebet wünschen wir allen anderen in der Moschee ein schönes Fest. Jetzt freue ich mich auf das Frühstück. Auf dem Weg kaufen wir Brötchen. Zuhause wünschen wir uns gegenseitig ein schönes Fest. Heute decken wir den Tisch festlich. Und als Nachtisch gibt es etwas Süßes. Hmmmm, lecker!

Das Kurbanfest nennt man auch Opferfest oder Id ul-Adha.

 1. Das größte Fest der Muslime ist das Opferfest. Erklärt den Grund, warum es so genannt wurde.
2. Erzähle, wie du das Opferfest mit deiner Familie feierst.

Feste

Mit dem Kurbanfest erinnern wir uns an den Propheten Ibrahim ﷺ und an seinen Sohn Ismail ﷺ. Ibrahim ﷺ zeigte seine Liebe und sein Vertrauen gegenüber Allah ﷻ. Er war bereit, das Wichtigste in seinem Leben für Allah ﷻ zu opfern, nämlich seinen Sohn Ismail ﷺ. Aber Allah ﷻ ließ das nicht zu. Im Auftrag Allahs ﷻ brachte ein Engel ein Opfertier, das Ibrahim ﷺ anstelle seines Sohnes opferte.

Seitdem wird das Opferfest gefeiert. Ein Teil des Fleisches wird an Bedürftige und Nachbarn verteilt. Wir denken an die Menschen auf der ganzen Welt und sind dankbar.

Feste

Alle Menschen feiern

Geburtstagsfest

Beschneidungsfeier

Viele Menschen feiern den Tag, an dem sie geboren wurden als ihren Geburtstag.

Die Beschneidung der Jungen ist eine Tradition des Propheten Ibrahim. Meistens feiert man danach ein Fest. Auch jüdische Jungen werden beschnitten.

Hochzeitsfeier

Fasching

Überall auf der Welt feiern die Menschen Hochzeiten. Es gibt viele verschiedene Traditionen dieser Feier.

Es ist Brauch, dass man vor Aschermittwoch fröhlich und ausgelassen feiert. Danach beginnt dann die Fastenzeit im Christentum.

 1. Gibt es noch andere Feste, die du kennst? Nenne sie.
2. Wann ist dein Geburtstag? Was bedeutet dieser Tag für dich?

Feste

Das Lichterfest dauert acht Tage. Man erinnert sich an den neuen Bau des Tempels in Jerusalem.

Das jüdische Pessachfest wird im Frühling gefeiert. Es dauert sieben Tage. Man erinnert sich an die Befreiung des jüdischen Volkes aus der Sklaverei in Ägypten.

Ostern wird im Christentum jedes Jahr gefeiert. Ostern ist ein wichtiger Feiertag für Christen. An den Ostertagen erinnern sie sich an die Auferstehung Jesu.

Weihnachten beginnt am 24. Dezember mit Heiligabend. Man feiert die Geburt Jesu.

 Unterhaltet euch, welche Feste ihr noch feiert.

Feste

Feste

Feste sind da, um Freude zu schenken,
an Familie und Freunde zu denken.
Neue Sachen, Geschenke und Süßigkeiten.
Es wird gefeiert, lasst uns vorbereiten.

Text- und Bildquellen

S. 16	thinkstock.com, Aynur Bulut Coşkun
S. 17	thinkstock.com
S. 26	shutterstock.com
S. 30	Aynur Bulut Coşkun, Rukiye Kurtbecer
S. 31	shutterstock.com
S. 38	thinkstock.com
S. 39	shutterstock.com
S. 42/43	shutterstock.com
S. 44	shutterstock.com
S. 45	shutterstock.com, Aynur Bulut Coşkun
S. 46	shutterstock.com, Aynur Bulut Coşkun, Rukiye Kurtbecer
S. 47	shutterstock.com
S. 53	shutterstock.com, Aynur Bulut, Enes Başkaya
S. 54/55	Illustration von Soufeina Hamed
S. 60/61	shutterstock.com, thinkstock.com
S. 66/67	shutterstock.com
S. 70	Erzählung laut Ibn Ishak
S. 83	Komponiert nach Itri
S. 92/93	shutterstock.com
S. 98	Enes Başkaya, shutterstock.com, Erol Dağaslanı
S. 99	http://isiz.de, Islamisches Sozial- und Informationszentrum ISIZ e.V. Bayram wunderbar, „Licht für Dich und Mich" shutterstock.com
S. 101	shutterstock.com
S. 102/103	Kübra Deniz, Aynur Bulut Coşkun, shutterstock.com

Gedichte an den Kapitelenden: Ömer Ispirli

Trotz entsprechender Bemühungen ist es uns nicht in allen Fällen gelungen, den Rechteinhaber ausfindig zu machen. Gegen Nachweis der Rechte zahlen wir die übliche Vergütung.

اَلْحَمْدُ لِلّٰهِ رَبِّ الْعٰلَمِينَ

Alhamdulillahi rabbil alamin